The Bakery Lady
La señora de la panadería

By/Por Pat Mora

Spanish translation by/Traducción al español por Gabriela Baeza Ventura and Pat Mora

Illustrations by/Ilustraciones por Pablo Torrecilla

PIÑATA
BOOKS

Piñata Books
Arte Público Press
Houston, Texas

Publication of *The Bakery Lady* is made possible through support from the Lila Wallace-Readers Digest Fund, the Andrew W. Mellon Foundation and the City of Houston through The Cultural Arts Council of Houston, Harris County. We are grateful for their support.

Esta edición de *La señora de la panadería* ha sido subvencionada por la Fundación Lila Wallace-Readers Digest, la Fundación Andrew W. Mellon y el Concilio de Artes Culturales de Houston, Condado de Harris. Les agradecemos su apoyo.

Piñata Books are full of surprises!

Piñata Books
An Imprint of Arte Público Press
University of Houston
452 Cullen Performance Hall
Houston, Texas 77204-2004

Mora, Pat.
    The Bakery Lady / by Pat Mora; illustrations by Pablo Torrecilla; Spanish translation by Gabriela Baeza Ventura [and] Pat Mora = La señora de la panadería / por Pat Mora; ilustraciones por Pablo Torrecilla; traducción al español por Gabriela Baeza Ventura y Pat Mora.
       p. cm.
    Summary: Mónica, who wants to be a baker like her grandmother, finds the doll hidden in the bread on the feast for the Three Kings and thus gets to bake cookies for the next fiesta.
    ISBN 1-55885-343-X
    [1. Baking—Fiction.   2. Cookies—Fiction.   3. Mexican Americans—Fiction. 4. Spanish language materials—Bilingual.]   I. Title: Señora de la panadería. II. Torrecilla, Pablo, ill.   III. Ventura, Gabriela Baeza.   IV. Title.
PZ73 .M6316 2001
[E]—dc21

    2001021488
    CIP

www.patmora.com

2 3 4 5 6 7 8 9 0   0 9 8 7 6 5 4 3 2

For my niece Niki (Mónica) and my nephew, Gil, who value traditions, and to panaderos *and* panaderas *who preserve traditions in delicious ways.*
—PM

To my sister Helena, "The King's Ring Baker"
—PT

Para mi sobrina Niki (Mónica) y para mi sobrino, Gil, quienes valoran las tradiciones, y para los panaderos y panaderas que preservan la tradición en formas deliciosas.
—PM

Para mi hermana Helena, "La panadera de la Rosca de Reyes"
—PT

Every morning the smell of baking bread opens my eyes. The warm smell floats slowly up the stairs. My big brother, Gilbert, and I live with my grandparents above their bakery.

When Abuela and I walk downstairs, Abuelo says, *"Buenos días, Mónica,"* bending down for his morning kiss.

"Buenos días, Abuelo," I say kissing my grandfather. "I'm working in the bakery today."

"Buenos días, señora. Buenos días, Mónica," say the bakers.

Todas las mañanas me despierta el aroma del pan en el horno. El aroma calientito sube poco a poco por la escalera. Gilberto, mi hermano mayor, y yo vivimos con nuestros abuelos encima de su panadería.

Cuando mi abuela y yo bajamos, Abuelo dice —Buenos días, Mónica —y se inclina hacia mí para recibir su beso de los buenos días.

—Buenos días, Abuelo —digo mientras le doy un beso—. Hoy voy a trabajar en la panadería.

—Buenos días, señora. Buenos días, Mónica —dicen los panaderos.

I walk around the fat bags of flour, the giant mixers, the large bowls of eggs. I breathe the sweet bakery smells, the mountains of sugar, the cinnamon and anise, the steamy bread.

"I'm going to be a baker," I say.

"*Ay, Mónica,*" says José winking. "Only men are bakers. It's hard work."

José likes to tease me. He flexes his muscles, and I flex mine too.

"Look at Mónica's apron, José," says Abuelo. "On Christmas day, she opened a big box. The card said, 'For Mónica the Baker from Abuela.'"

"I got recipes too," I say.

Camino alrededor de las bolsotas de harina, de las batidoras gigantes y de los grandes tazones con huevos. Aspiro el dulce aroma de la panadería, de las montañas de azúcar, de la canela y del anís, y del pan caliente.

—Voy a ser panadera —digo.

—Ay, Mónica —dice José guiñándome un ojo—. Sólo los hombres pueden ser panaderos. Es un trabajo difícil.

A José le gusta bromear conmigo. Saca los músculos de sus brazos y yo saco los míos.

—José, mira el delantal de Mónica —dice Abuelo—. El Día de Navidad abrió una caja grande y la tarjeta decía, "Para Mónica, la panadera. De Abuela".

—También recibí recetas —digo.

"I was a baker, José," says my grandmother. "When we started this bakery, Abuelo and I woke up before the sun to make bread."

"She made the best lemon cookies in the world," says Abuelo and gives her a big hug.

She laughs. "Our bakery got busier and busier. Now Abuelo bakes the bread, and I sell it."

"I'm going to be a baker," I say. "All my friends will come to my bakery and go home with bags full of my delicious bread."

"You can be the baker, and I'll sell your bread," says Gilbert, running out the door.

—Yo fui panadera, José —dice mi abuela—. Cuando recién abrimos esta panadería, Abuelo y yo nos levantábamos antes de que amaneciera para hacer el pan.

—Ella hacía las mejores galletas de limón de todo el mundo —dice Abuelo y le da un gran abrazo.

Mi abuela se ríe. —Venía mucha gente a la panadería. Ahora Abuelo hace el pan y yo lo vendo.

—Voy a ser panadera —digo—. Todos mis amigos vendrán a mi panadería y se irán con bolsas llenas de delicioso pan.

—Tú puedes ser la panadera y yo venderé el pan —dice Gilberto y sale corriendo.

I turn the store sign to OPEN. I put on my sweater and go outside. Every morning our neighbors come to our store. *"Buenos días, buenos días, señora,"* they say to my grandmother.

They say good morning to me too, some in English, some in Spanish. *"Buenos días,"* I say, standing very tall. "Come in. *Pasen. Pasen."* I like to see all our neighbors in our store. I smile and say, "Come in. I am the bakery lady. *Soy la señora de la panadería."*

I show my friends my new apron with my name on it. I show them the box of tiny dolls on the counter.

Le doy vuelta al letrero para que diga ABIERTO. Me pongo el suéter y salgo. Todos los días por la mañana vienen los vecinos a nuestra panadería. —Buenos días, buenos días, señora —le dicen a mi abuela.

A mí también me dan los buenos días, algunos en inglés y otros en español. —*Good morning* —digo y me pongo bien derechita—. *Come in.* Pasen. Pasen. —Me gusta ver a todos los vecinos en nuestra tienda. Sonrío y digo—, Pasen, *I'm the bakery lady,* soy la señora de la panadería.

Les muestro a mis amigos mi delantal nuevo con mi nombre y les enseño una caja de muñequitos en el mostrador.

"Soon the bakers will begin making Kings' Rings, *Roscas de Reyes,* for the feast of the Three Kings, January sixth," says Abuela. "When I was a little girl in Mexico, I always wanted to find the small doll, a baby like the Christ Child, hidden in my piece of bread."

"I want to find the doll this year!" I say.

"Then will you give the fiesta like I did last year?" asks José. "Remember, if you find the *Niño,* you must give the party in February for your friends," he says.

Can I give a party by myself? I look at my grandmother.

"We'll all help you, Mónica," she says smiling. "That's what families do. You help me and your grandfather and Gilbert. We'll all help you too. You're a very good baker, Mónica."

"But can I really bake some special cookies, Abuela?" I whisper.

"*Sí, sí,*" says my grandmother, patting my hand. "I have a special recipe."

—Ya pronto los panaderos van a empezar a hacer las Roscas de Reyes para la fiesta del seis de enero, el Día de los Reyes —dice Abuela—. Cuando era niña y vivía en México, siempre quería que me saliera el muñequito, el Niño Dios, en mi trozo de pan.

—¡Quiero que me salga el muñequito este año! —digo.

—¿Podrás hacer la fiesta como yo lo hice el año pasado? —me pregunta José—. Recuerda que si te encuentras al Niño, tienes que hacer la fiesta en febrero para tus amigos.

¿Puedo hacer la fiesta yo sola? Miro a mi abuela.

—Todos te vamos a ayudar, Mónica —me dice sonriendo—. Para eso somos tu familia. Así como tú ayudas a Abuelo, a Gilberto y a mí, nosotros te vamos a ayudar a ti también. Eres una panadera muy buena, Mónica.

—Pero, ¿de verdad, puedo preprarar galletas especiales, Abuela? —susurro.

—Sí, sí —dice mi abuela y me da una palmadita en la mano—. Tengo una receta especial.

One morning Abuelo says, "Come and look, Mónica."

I see the glass counter tops covered with round bread rings shining with cherries. The Kings' Rings are for sale. The breads glow like jewels.

My grandfather asks, "Who wants to taste our bread before we open the store?"

"I do! I do!" I say.

"I do too," says José. "I think I'm going to find the doll again this year."

Abuela, Gilbert, José and I bring milk and coffee for the bakers. Abuelo cuts the Kings' Ring very slowly. He keeps stopping and looking at me. He gives me the last piece.

Slowly I look inside a small piece of my bread. No doll. I chew that piece slowly. I say, "The bread is very good, Abuelo." Everyone is eating the bread, smiling, and watching me.

"What's this?" asks José looking in his bread. Everyone moves close to José.

Una mañana, Abuelo me dice —Mónica, mira, ven.

Veo el mostrador de vidrio cubierto de roscas de pan, redondas y adornadas con cerezas brillantes. Las Roscas de Reyes están a la venta. Los panes relumbran como joyas.

Mi abuelo pregunta —¿quién quiere probar nuestro pan antes de que abramos la tienda?

—¡Yo, yo! —digo.

—Yo también —dice José—. Creo que este año me va a salir el muñequito otra vez.

Abuela, Gilberto, José y yo traemos leche y café para los panaderos. Abuelo corta la rosca lentamente. Con frecuencia se detiene para mirarme. Me da el último pedazo.

Cuidadosamente busco dentro de un pedacito de mi pan. No está el muñequito. Mastico el pedazo despacito y digo —La rosca está muy rica, Abuelo. —Todos están comiendo el pan, sonriendo y mirándome.

—¿Qué es esto? —pregunta José mientras busca en su pan. Todos se le acercan.

Abuelo says, "Mónica, your eyes are big as apples." He looks at José, pointing to a brown nut in his bread. *"Ay, José,"* Abuelo laughs, "that is just a pecan."

"Are you teasing Mónica, José?" asks Abuela. "You know she hopes she will find the doll."

"Well," says Abuelo. "No one has found the *Niño* yet, and it is almost time to open the bakery. This will be a very busy day. Did we forget to hide a baby in this bread?"

"Here it is," says Gilbert. "Just kidding," he laughs.

Carefully I peek into the last piece of my bread.

—Mónica, tienes los ojos tan grandes como dos manzanas —dice Abuelo y mira a José que señala una nuez en su pan y ríe—. Ay, José, es sólo una nuez.

—José, ¿por qué bromeas con Mónica? —pregunta Abuela—. Tú sabes que ella quiere que le salga el muñequito.

—Bueno —dice Abuelo— nadie se ha encontrado al Niño y ya casi es hora de abrir la panadería. Hoy vamos a estar muy ocupados. ¿Se nos olvidaría ponerle muñequito a esta rosca?

—¡Aquí está! —dice Gilberto y luego se ríe—. No se crean.

Con mucho cuidado, busco en mi último trozo de pan.

"I found it! I found it!" I say. Everyone claps.

"Now will we have a party?" asks José.

I look at my grandparents. They smile and nod. They think I am a very good baker.

"Yes," I say. "I will have a party for you."

"Time for work," says Abuelo.

"I'll help you sell bread before I go to school, Abuela," I say.

"You are my best helper, Mónica," says my grandmother, unlocking the front door. Soon the bakery is busy with people.

I smile at all our neighbors, but I whisper, "Abuela, will José say, 'Mmmm, delicious!' when he eats my cookies?"

"*Sí, sí,*" says Abuela patting my hand.

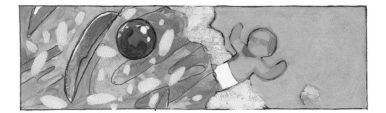

—¡Lo encontré, lo encontré! —digo y todos aplauden.

—¿Vamos a tener una fiesta? —pregunta José.

Miro a mis abuelos. Ellos sonríen y afirman con la cabeza. Piensan que soy una panadera muy buena.

—Sí —digo—. Voy a hacer una fiesta para ustedes.

—Ahora hay que trabajar —dice Abuelo.

—Yo te ayudo a vender el pan antes de irme a la escuela, Abuela —digo.

—Tú eres mi mejor ayudante, Mónica —dice mi abuela y abre la puerta. Pronto la panadería se llena de gente.

Le sonrío a todos los vecinos mientras susurro —Abuela, ¿cuando José pruebe mis galletas, dirá, "Mmmm, deliciosas"?

—Sí, sí —dice y me da una palmadita en la mano.

I make my piñata invitations for the party. I draw streamers and balloons and cookies tumbling out of the piñata. I give the invitations to everyone who works at the bakery and to my friends in the neighborhood.

"Do you want us to make some breads or cookies for your party?" asks José.

"*No, gracias, José.* I'm going to do it by myself," I say.

"You are?" José says surprised.

"Yes," I say. "Abuela is going to make *frijoles,* Abuelo and Gilbert are going to buy tamales, and I'm going to make the cookies. I am the bakery lady."

Hago mis invitaciones para la fiesta con un dibujo de una piñata, de donde caen serpentinas, globos y galletas. Les doy invitaciones a todos los que trabajan en la panadería y a mis amigos del barrio.

—¿Quieres que hagamos panes y galletas para tu fiesta? —pregunta José.

—No, gracias, José. Yo los voy a hacer solita.

—¿Tú? —me contesta sorprendido.

—Sí —digo—. Abuela va a hacer frijoles, Abuelo y Gilberto van a comprar tamales y yo voy a hacer las galletas. Yo soy la señora de la panadería.

The day before the party, Abuela and I go to the store to buy fresh lemons. I wear my apron and stand very tall. I tell my friends that I'm going to bake cookies.

At dinner, Abuelo asks, "Mónica, do you want me to make some special cookies for your party?"

"No, thank you, Abuelo," I say. "I want to make the lemon cookies by myself for you and my friends."

"Bakers share the work, like families," says Abuelo. "Are you going to make Abuela's lemon cookies?"

El día antes de la fiesta, Abuela y yo vamos a la tienda a comprar limones frescos. Me pongo el delantal y me paro bien derechita. Anuncio a mis amigos que voy a hacer galletas.

Durante la cena, Abuelo me pregunta —Mónica, ¿quieres que te haga unas galletitas especiales para tu fiesta?

—No, gracias, Abuelo —le respondo—. Quiero hacer las galletas de limón para ti y para mis amigos yo solita.

—Como las familias, los panaderos comparten el trabajo —dice Abuelo—. ¿Vas a usar la receta de tu abuela para las galletas de limón?

After dinner, I start to make my grandmother's special cookies. I crack eggs open and measure flour. Gilbert turns on the radio. I stir and stir to the music.

Abuelo smiles and says, "Is my granddaughter a baker?"

"Abuelo, will you and Gilbert hang the piñata and balloons and streamers?" I ask.

I stir and stir. "This is hard work," I say. I get very tired and my arms ache. Maybe I can't finish. Maybe I can't make the cookies for the party. "Being a baker isn't easy, Abuelo," I say. I stir and stir, but my arms feel very heavy.

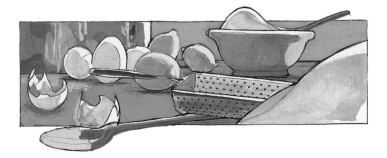

Después de la cena, empiezo a hacer las galletas con la receta especial de mi abuela. Quiebro los huevos y mido la harina. Cuando Gilberto prende la radio, amaso y amaso al ritmo de la música.

Abuelo sonríe y pregunta —¿Será que es panadera mi nieta?

—Abuelo, ¿podrían tú y Gilberto colgar la piñata, los globos y las serpentinas?

Amaso y amaso. —Esto es difícil—. Me canso mucho y me duelen los brazos. Tal vez no voy a poder terminar. Tal vez no voy a poder hacer las galletas para la fiesta. —Ser panadera no es fácil, Abuelo —digo. Amaso y amaso pero mis brazos se sienten muy pesados.

Abuela helps me cut the dough into hearts and moons and stars.

Gilbert says, "You look tired, Mónica. Here. Let me help."

"Me, too," says Abuelo. "Tonight, you can be the boss and tell us what to do. We all want to help, Mónica. That's what families do."

Outside, the wind is blowing, but inside, my family is busy working, and the kitchen smells yellow and lemony.

Abuela laughs. "Go look in the mirror, Mónica. You have been working very hard. You even have flour in your eyebrows."

"Mmmm, those cookies sure smell good," says Abuelo. "Can I taste one?"

I give my grandparents and Gilbert each a warm cookie. "Let's hide them until it's time for the party," I say yawning. *Buenas noches,* I say, kissing Abuela, Abuelo and Gilbert good night.

"Mmmm, delicious!" says Abuelo. "You are a good baker, just like your grandmother. Now, time for bed. Bakers need their rest. *Buenas noches, Mónica.*"

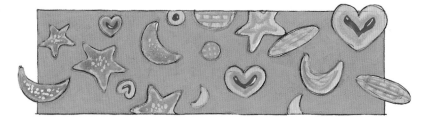

Abuela me ayuda a cortar la masa en forma de corazones, lunas y estrellas.

Gilberto dice —Mónica, te ves cansada, déjame ayudarte.

—Yo también te ayudo —dice Abuelo—. Esta noche tú puedes ser la jefa y darnos las órdenes. Todos te queremos ayudar, para eso somos tu familia.

Afuera, el viento sopla, pero adentro, mi familia está trabajando muy duro y la cocina huele a amarillo y a limón.

Abuela se ríe —Ve a mirarte en el espejo, Mónica. Has estado trabajando mucho, tienes harina hasta en las cejas.

—Mmmm, esas galletitas sí que huelen bien rico —dice Abuelo—. ¿Puedo probar una?

Les doy una galleta calientita a mis abuelos y a Gilberto. —Vamos a esconderlas hasta que sea la hora de la fiesta —digo bostezando—. Buenas noches —me despido y les doy el beso de las buenas noches a Abuela, a Abuelo y a Gilberto.

—Mmmm, ¡deliciosas! —dice Abuelo—. Eres una panadera tan buena como tu abuela. Ahora, a la cama. Los panaderos necesitan descansar. Buenas noches, Mónica.

The next morning the bakers say, "How pretty!"

"Mónica, this place is ready for a fiesta," says José. "Do you want me to fix anything special for the party?"

"No, thank you, José," I say.

"No?" asks José. "Did you make something?"

"We did," I say.

During the day, I go peek at our cookies. I'm glad my family helped me. I hope our cookies taste extra good. At six o'clock I turn on the music and open the door for our friends. I hope they all like our lemon cookies—especially José. Gilbert and I help Abuelo serve tamales.

En la mañana, los panaderos dicen —¡Qué bonito!

—Mónica, este lugar está listo para una fiesta —dice José—. ¿Quieres que prepare algo especial para la fiesta?

—No, José, gracias —digo.

—¿No? —pregunta José—. ¿Hiciste algo?

—Sí, hicimos algo —le contesto.

Durante el día, voy y les doy una ojeada a las galletas. Estoy contenta de que mi familia me haya ayudado. Ojalá que las galletas estén bien sabrosas. A las seis en punto, pongo la música y abro la puerta a nuestros amigos. Espero que a todos les gusten nuestras galletas de limón, especialmente a José. Gilberto y yo ayudamos a Abuelo a servir los tamales.

After dinner I say, "Close your eyes everyone." I see José peeking through his fingers. "Close your eyes, José. No peeking," I say.

I bring out the tray with our cookies. I hope everyone likes them.

"Who made these?" José eats a cookie in one bite and then says, "Mmmm, delicious!"

"Mónica made them," says Gilbert. "Mónica, the bakery lady."

"No, *we* did," I say. "Our family: Gilbert, Abuela, Abuelo, and me. We made these cookies for you, our friends. Let's eat!"

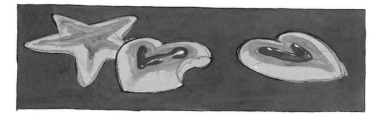

Después de la cena, digo, —Tápense los ojos—. Veo que José está mirando por entre los dedos. —José, cierra los ojos y no mires.

Traigo la charola con nuestras galletas. Ojalá que les gusten a todos.

—¿Quién las hizo? —José se come su galleta de una mordida y dice— Mmmm, ¡Deliciosa!

—Mónica las hizo —dice Gilberto—. Mónica, la señora de la panadería.

—No, las hicimos entre todos —digo—. Nuestra familia: Gilberto, Abuela, Abuelo y yo. Nosotros hicimos estas galletas para ustedes, nuestros amigos. ¡A saborearlas!

Pat Mora is renowned as a writer of poetry, children's books and nonfiction. Among her many works are the poetry collections *Chants, Borders* and *Communion;* the children's books *The Desert Is My Mother / El desierto es mi madre, The Gift of the Poinsettia / El regalo de la flor de nochebuena, Delicious Hullabaloo / Pachanga deliciosa* and the memoir *House of Houses.* A native of El Paso, Texas, she is keenly interested in traditions and their role in uniting families and communities. Ms. Mora, who works with national organizations on the celebration of April 30th, *Día de los niños / Día de los libros,* is the mother of three grown children and divides her time between Santa Fe and the Cincinnati area.

Photo courtesy of Cynthia Farah

Pat Mora es reconocida como escritora de poesía, literatura infantil y una memoria. Entres sus obras se encuentran las colecciones de poesía, *Chants, Borders* y *Communion,* y los libros para niños *The Desert Is My Mother / El desierto es mi madre, The Gift of the Poinsettia / El regalo de la flor de nochebuena, Delicious Hullabaloo / Pachanga deliciosa* y la memoria *House of Houses.* Ella es originaria de El Paso, Texas, y está sumamente interesada en las tradiciones y en cómo éstas sirven para unir a familias y comunidades. Ms. Mora, quien trabaja con organizaciones nacionales en la celebración del 30 de abril, *Día de los niños / Día de los libros,* es madre de tres hijos ya adultos y divide su tiempo entre Santa Fe y el área de Cincinnati.

Pablo Torrecilla grew up in Madrid, Spain. On the weekends, he would visit his family's hometown where he admired the displays in the market, the scents and the people. These colors and scents became his inspiration. He has been drawing and painting since he was only five-years-old. Pablo tries to feel what the characters experience and to express their emotions. He now lives in California, where he enjoys flying his kite, playing soccer, listening to music and reading books in English, his new language.

Pablo Torrecilla creció en Madrid, España. En los fines de semana, visitaba el pueblo de su familia donde admiraba el colorido de los puestos en la plaza del mercado, las fragancias y la gente. Los colores y las fragancias se convirtieron en su inspiración. Ha dibujado y pintado desde que tenía sólo cinco años de edad. Ahora, Pablo vive en California, donde se divierte volando su papalote, jugando soccer, escuchando música y leyendo libros en inglés, su nuevo idioma.